Salomon Hermann Mosenthal

Antonius und Kleopatra

Oper in vier Acten und einem Nachspiel

Salomon Hermann Mosenthal

Antonius und Kleopatra
Oper in vier Acten und einem Nachspiel

ISBN/EAN: 9783744613972

Hergestellt in Europa, USA, Kanada, Australien, Japan

Cover: Foto ©Andreas Hilbeck / pixelio.de

Weitere Bücher finden Sie auf **www.hansebooks.com**

Antonius und Kleopatra.

Oper in vier Acten und einem Nachspiel

von

S. H. Mosenthal.

Musik von F. C. Wittgenstein.

Den Bühnen gegenüber als Manuscript. — Nachdruck gesetzlich geschützt.

Preis pr. Exemplar 30 kr. (oder 60 Pfennige).

Graz 1883.

Im Selbstverlage des Herausgebers.

Antonius und Kleopatra.

Oper in vier Acten und einem Nachspiel

von

S. H. Mosenthal.

Musik von F. C. Wittgenstein.

Den Bühnen gegenüber als Manuscript. — Nachdruck gesetzlich geschützt.

Preis pr. Exemplar 30 kr. (oder 60 Pfennige).

Graz 1883.

Im Selbstverlage des Herausgebers.

Druckerei: Carl Huber, Graz.

Personen:

Caesar Octavian, ⎱ römische Triumviren.
Marcus Antonius, ⎰

Kleopatra, Königin von Egypten.

Artavasd, Prinz von Armenien.

Plotinus, ⎱ egyptische Heerführer.
Achillas, ⎰

Heliodor, ein Sklave ⎱ Kleopatra's.
Charmion, eine Sklavin ⎰

Flavius.

Ein Steuermann.

Nymphen, Tritonen, Frauen im Gefolge Kleopatra's, armenische, egyptische Krieger, Volk, vier Herolde, zwei Mohrensklaven.

Ort der Handlung: Egypten.

Erster und zweiter Act im Palaste Kleopatra's in Alexandria, dritter Act in Tarsus, vierter Act am Meeresstrand bei Actium.

Nachspiel in der Pyramide.

Erster Act.

(Phantastischer Garten im Palaste Kleopatra's in Alexandria, im Hintergrund das Meer, rechts Portal und Stufen, Eingang zum Palast, der
sich mit Kuppeln und Säulen-Hallen nach dem Hintergrund verliert.
Griechische Bildsäulen und Wasserbecken. Sinkende Nacht. — Auf den
Stufen liegt leblos C h a r m i o n , Sklavinnen umgeben sie, Sklaven,
unter ihnen H e l i o d o r , man ist bemüht, sie in's Leben zurück zu
rufen, mit ängstlichem Spähen, ob sie unbelauscht.)

I. Scene.

C h o r (piano).

Horch! lebt sie noch? Nur Angst und Schmerz warf sie darnieder!
Der Nadelstich traf nicht in's Herz —

(lauter)

Sie athmet wieder!

H e l i o d o r (näher tretend).

Schauer des Todes fesselt den Sinn,
Seht — dies Antlitz stumm und bleich,
Fluch der gekrönten Mörderin!

C h o r.

Rasender! Schweig!
Denk! an die Rache der Königin!

H e l i o d o r.

Mag sie mich hören,
Mag ihr Dolch auf dies Herz sich kehren,
Wie er getroffen diese Blasse,
Mag sie's hören, wie ich sie hasse,
Den schönen Dämon mit gold'ner Krone,
Das Herz von Stein voll teuflischem Hohne,
Das Aug' voll Gluth, das versengend trifft,
Dolch ist ihr Blick und ihr Athem Gift.

C h o r.

Unsinn'ger, schweig! Du bringst uns in's Verderben!

1*

Heliodor (neben **Charmion** niederſtürzend).

O Charmion! Könnt' ich ſtatt Deiner ſterben!

Charmion.

Wer ruft mich? (ſich aufrichtend) Heliodor.

Chor.

Sie lebt!

Charmion (aufſtehend).

Was war es denn? Ihr Mädchen ſprecht,
Daß Ihr vor Schreck und Freude bebt!

Heliodor.

Dich traf die Königin!

Charmion.

Mit Recht!
Verdient hatt' ich die leichte Strafe,
Sie iſt die Herrin — ich der Sklave —
Nachläſſig knüpfte meine Hand
Ihr durch das gold'ne Haar das Band.
Verzeiht ſie mir? O führt mich hin
Zu Füſſen meiner Königin.

Heliodor.

O Zauber, den die Welt umſtrickt,
Weh' mir — hätt' ich Dich nie erblickt.

Chor.

Kommt laßt uns hin
Zu Füßen unſ'rer Königin!

(**Heliodor** ſich ermannend, faßt **Charmion**.)

II. Scene.

Heliodor (allein).

Herz, was ſoll Dein wildes Schlagen,
Was der Pulſe ſtürmiſch Beben!

Darf ein Sklav' den Blick erheben —
Und als Mensch zu fühlen wagen?
Nein, o nein — ich darf nicht hassen,
Wehe mir — ich darf nicht lieben!
Alles was man mir gelassen,
In der Qual, die mich durchloht —
Alles was mir noch geblieben,
Ist Verstummen — bis zum Tod!
Darf der Wurm zum Licht sich heben?
Man zertritt ihn mit den Füssen!
Darf der Staub zur Sonne streben?
Nein! im Nichts muß er zerfließen!
Und so sterb' ich in den Flammen,
In der Schönheit Zauberbann!
Muß verfluchen und verdammen,
Was ich nie erreichen kann!

(Stürzt ab nach links — es wird dunkel.)

III. Scene.

(Von rechts Achillas mit Begleitern, von links, Hintergrund, Plotinus mit Begleitern, alle in Togen verhüllt.)

Achillas

(vortretend zu Plotinus).

Plotinus!

(Plotinus und Achillas enthüllen sich.)

Achillas.

Ich halte Wort!
Dies ist der Ort.
Dies die nächtliche Stunde,
Sprich --- welche Kunde?

(des Plotinus Begleiter musternd)

Die Männer hier?

Plotinus.

Getreu mit mir im Bunde!

6

Achillas.

Und jene dort?

Plotinus.

Getreu in That und Wort!

(Alle begrüßen sich und enthüllen sich.)

Achillas.

Was nächtlich Dunkel hier verhüllt,
Braucht nicht des Tages Licht zu scheuen.
Zum Ruhme wird's, wenn es erfüllt,
Nur ein Gefühl belebt die Treuen:
Der Wollust und den Weiberschwächen
Dient länger nicht der Heldensinn,
Es gilt das Vaterland zu rächen
An der gekrönten Buhlerin!

Plotinus.

Ein kühnes Wort! Sind wir belauscht?

Achillas.

Sie schwelgt von Festeslust berauscht,
Armeniens Fürsten zu bethören!
Willst Du den Bund mit uns? Laß hören!

Plotinus.

Auch mich empört dies Reich der Frauen,
Das unf'res Landes Mark verzehrt —
Wohlan, Vertrauen heischt Vertrauen,
Was ich beginnen werde, hört:
Mit meinem Schwerte will ich werben
Um ihre Krone, ihre Hand;
Und weigert sie's, so soll sie sterben,
Mich räch' ich und das Vaterland.

Achillas.

So bist Du selbst in ihren Banden,
Die Zaub'rin hat auch Dich bethört.
Vergassest Du, daß diesen Landen
Rom seinen mächt'gen Schutz gewährt?

Den Mörder wird sein Arm zerschmettern
Und Deiner Werbung spricht sie Hohn.
Bist Du Egyptens echter Sohn,
So steh' zu uns, zu seinen Rettern!

Plotinus.

Hier meine Hand und mein Versprechen,
Ich steh' zu Dir mit Herz und Sinn.

Chor.

Der Wollust und den Weiberschwächen
Dient länger nicht der Heldensinn.
Es gilt das Vaterland zu rächen
An der gekrönten Buhlerin.

Plotinus.
Und was Dein Plan?

Chor.
Was hast Du vor?

Heliodor
(im Hintergrunde versteckt lauschend).
Was sinnen sie, sei scharf mein Ohr.

Plotinus.
Was regt sich dort? Sind wir belauscht?

Achillas.
Es ist der Wind, der im Schilfe rauscht.
Vernehmt den Plan: zum nahen Meere
Zur Heerschau laden wir die Königin als Gast;
Inmitten unf'rer treuen Heere
Wird sie ergriffen im Palast!
Am Cydnusfluß
In Tarsus weilt Antonius!
Zu ihm send' ich vertraute Boten,
Ihm schildr' ich unf're Schmach,
Er hasset sie,
Die Caesar frech die Treue brach —

Er wird uns retten!
Von der verhaßten Buhlerin,
Gefangen und ihn in Sklavenketten
Soll sie zu seinen Füßen hin!

Heliodor (leise, im Hintergrunde versteckt).
Was hör' ich — o Isis!

Achillas.
Ihm bieten wir die Herrschaft an.
Rom leiht der Ptolomäer Krone
Der Weltenherrschaft Herrlichkeit.
Und hier — auf dem verwaisten Throne,
Herrscht — wer das Vaterland befreit.
(schlau) Begreifst Du mich?

Plotinus.
Beim großen Zeus!
Ich steh' zu Dir mit all' den Meinen.

Alle
(in Gruppen zum Schwure vereint)
Dem Vaterland Heil und Rom!
(Sie ziehen die Schwerter.)

Alle.
Rom, dein stolzer Adler fliege,
Auf der Pyramiden Spitze!
Schleud're seine mächtigen Blitze,
Führe uns zu Macht und Siege!
Der Vergeltung Tag ist nah!
Schmach auf Dich, Kleopatra!

Achillas.
Ha, sie naht — still — und bedacht,
Wenn die Stunde kommt zur That,
Seid bereit.
Und das Bündniß dieser Nacht,
Deckt der Eid.

IV. Scene.

(Alle ziehen sich zurück; die Musik näher. Aus dem Palast treten Sklavinnen, unter ihnen zaghaft Charmion; Fackelträger; die Sklavinnen errichten aus kostbaren Teppichen ein Lager unter einen Zeltbaldachin.)

Chor der Sklavinnen.

Hier will sie ihn erwarten,
Armeniens Königssohn.
Hier baut im duft'gen Garten
Aus Teppichen den Thron.

Charmion.

Die hohe Herrin ziehet ein!
Wie bebt mein Herz! wird sie verzeihen?

Heliodor (von links).

Sie naht — sie naht — ich möchte flieh'n
Vor ihrem Blicke —
Ein Zauberbann hält mich zurück,
Zieht mich zu ihren Füssen hin!

Achillas (zu den Begleitern).

Verhüllet Euren Grimm und Groll.

Plotinus.

Laßt uns ihr nahen demuthsvoll.

V. Scene.

(Von allen Seiten sammelt sich Volk, der Garten strahlt Tageslicht, die Fontainen beginnen zu rauschen.)

Chor.

Sie naht, die hohe Königin!

(Sie treten zurück; Ballet, Nymphen und Tritonen, letztere mit Muscheln und Hörnern, erstere mit Kränzen, Triangeln, Tambourinnen und Flöten.)

Chor.

Seht! seht!
Von Tritonen gezogen!
Schwimmt der Muschelkahn,

Ueber die dunkeln Wogen
Siegreich heran!
Laßt tausend Flammen leuchten,
Zum Tag erglänze Nacht.
Ihr Blumen, ihr thränenfeuchten,
Entfaltet eure Pracht!
Berauschet Herz und Sinn!
Es naht, schön wie Cythere,
Die Herrscherin der Meere,
Die Göttin — Königin.

Die Herolde.

Staubgeborne knieet hin!
Amphitrite naht die Hehre.
Die Beherrscherin der Meere,
Heil der Göttin, Königin!

(Der Hintergrund wird frei — ein Muschelwagen von Tritonen gezogen, landet, K l e o p a t r a als Amphitrite, mit Wasserlilien, Korallen und Perlen geschmückt, auf zwei Mohrensklavinnen gelehnt, schreitet langsam, wie ermüdet vor, durch die Reihen der Knieenden.)

VI. Scene.

Kleopatra.

Was will ich hier? Was ist mein Ziel?
Ein neues, leeres Gaukelspiel.
Wie schal die Welt rings um mich her.
Mein glühend Herz, wie öd', wie leer! O Isis!
(Sie verhüllt sich.)

Charmion
(mitleidsvoll und zaghaft näher tretend.)

Königin!

Kleopatra.

Du hier?
Du Charmion?

Charmion (knieend).

Vergibst Du mir und meiner Reue?

Kleopatra (innig).

Du Gute, die mein Stahl getroffen,
Du fragst mich, ob ich Dir verzeihe?
Vergib Du mir und meiner Reue,
Sieh', meine Arme stehen Dir offen,
Komm an mein Herz!

Charmion (selig).

O Königin!

Achillas, Chor (für sich).

Welch' neues Spiel der Gauklerin!

Kleopatra.

Sprich, ford're eine Gnade!

Charmion (zitternd).

Den Liebling meiner Seele,
Laß Heliodor den meinen sein.

Kleopatra.

Den Sklaven? Kind, Du bist bescheiden, Du liebst ihn!

Charmion.

O Königin,
Er ist mein Leben!

Kleopatra.

Nimm ihn hin!

(**Charmion** will selig zu **Heliodor**.)

Kleopatra (sie haltend).

O Charmion! Sieh' mich Dich beneiden,
Sieh', die zu meinen Füßen schmachten,
In Sklavensinn mir zugewandt,
O sieh', mein Herz muß sie verachten,
Ein Spielball sind sie meiner Hand!
Wo lebt der Held, den ich verehren,
An den ich mich erheben kann?
O Isis, sende mir den Mann,
Als Sklavin will ich ihm gehören!

Den Mann voll Kraft, das Haupt von Erz!
Ich will ihn lieben, ihn vergöttern,
O Isis, gib mir solch' ein Herz,
Dann mag mich Deine Hand zerschmettern.
Die Gluth, die mächtig in mir loht,
Sucht meinen Halbgott, dem sie sich vermähle,
So quält und foltert sie die eig'ne Seele.
O Isis, sende mir den Tod!

(Sie sinkt in Charmion's Arme.)

Chor (leise).
Wie die Stimmen der Sirenen
Klingen zaub'risch ihre Töne,
Unter Lächeln, unter Thränen
Leuchtet ihre Himmelsschöne.

(Fanfaren.)

Charmion.
Es naht der Fürst!

Kleopatra.
Der eitle Thor,
Der meine Krone, nicht mein Herz erkor!

VII. Scene.

(Vorige; Artavasd, Prinz von Armenien, in Gold strahlend, steigt mit
armenischem Gefolge aus einer Barke, ein Sklave trägt eine Schale mit
einer großen Perle.)

Artavasd.
Der großen Königin der Meere
Beugt demuthsvoll sich dieses Knie.
Empfange, was ich Dir verehre,
Das Schönste, was das Meer verlieh.
Die Perle, wie dem Muschelgrabe
Noch keine gleiche je erstand,
Bring ich Dir dar als Morgengabe —
Reich', Königin, mir Herz und Hand!

Kleopatra
(steigt herab, nimmt die Perle und tritt in die Mitte).

Ha, wähnst Du mit solchen Schätzen
Kauft man die Meereskönigin?
Was Du ihm nahmst — will ich ersetzen,
Nimm, Meer, dein Eigen wieder hin.
(Sie schleudert sie in's Meer.)

Chor (dumpf).
Ha, Raserei — ha Uebermuth!
Ein Königreich verschlingt die Fluth.

Artavasd.
O Königin! Du wirfst mit dem Juwele
Auch des Bewerbers Herz dahin!
Verschmähst Du mich — o Königin?

Kleopatra.
Nicht Königin! Ein Weib bin ich,
Ein Weib mit liebesdurst'ger Seele.
Mir gleichen muß, wen ich erwähle!
Nur mit dem Herzen wirbt man mich.
Ich bin die Flamme, die da lodert,
Und die ein flammend Herz begehrt!
Und wer sich ihr zu einen fordert,
Muß wagen, daß sie ihn verzehrt!

Artavasd
(in ihrem Anblick verloren).
Wohlan, erprobe meine Gluth,
Mein Leben forb're und mein Blut!

Kleopatra (teuflisch).
Sprichst Du im Ernst? Man wagt zu scherzen
Nicht ungestraft mit Kleopatra's Herzen!

Plotinus (vorstürzend).
Laß, Königin, dies Gaukelspiel!
Der Fremde, der Dich nie verstand,
Was soll er Dir, und was dem Land?

Mit diesem Schwert, der treuen Wehre,
Der Ptolomäer Ruhm und Ehre,
Sieh', Königin, mich um Dich werben —
Und forderst Du's — für Dich zu sterben!

Achillas, Chor.

Wie, Plotinus!

Kleopatra (lachend).

Ihr Alle zwei?
Für mich zu sterben? Nun wohlan, es sei!
(Sie erhebt die Arme.)

Kleopatra (zu Charmion leise).

Geh', Charmion, aus meinem Schrein
Bring die Phiolen!
Sie schließen dunkle Säfte ein,
Die eine Tod — die and're Schlaf der Seele —
Credenze die — die ich befehle!
Ihr Sklaven, auf! Und schenkt den gold'nen Wein!
(Mundschenke und Bachantinnen eilen herbei.)

Chor.

Chios Blut in gold'ner Schale,
Mit Epheu bekränzt,
Credenzt, credenzt!
Eilt und leert die schäumenden Pokale.

Kleopatra (glühend).

Die Becher gefüllt —
Die Probe gilt!

Chor, Plotinus, Achillas, Heliodor, Artavasd.

Schöner Dämon! was soll der Scherz?
Hoffen und Bangen durchbebt mein Herz!

Kleopatra (den Pokal ergreifend).

Chor.

Chios Blut in gold'ner Schale,
Mit Epheu bekränzt,
Credenzt, credenzt!
Eilt und leert die schäumenden Pokale.

(Sie setzt den Becher an die Lippen und reicht ihn **Artavasd**, der darnach greifen will. — **Charmion** bringt auf gold'ner Schüssel zwei Phiolen.)

Kleopatra.

Halt ein! Ihr beiden Freier!
Ihr gabt mir Euer Wort — mein Liebeskuß
Zuerst die Probe fordern muß —
Und trann — ihr Herren — ein Liebeskuß ist theuer!
Seht hier das Gift (eine Phiole fassend) es schließt den Tod
in sich!
Wer wagt's, den Becher, den es faßt zu leeren!
Ihm soll mein erster Kuß gehören, —
Wer setzt sein Leben ein für mich?

Alle.

Entsetzen! welch' ein Scherz!

Kleopatra.

Ein Scherz?
Nun bei den Göttern hört mich schwören,
Ihm soll mein Liebeskuß gehören!
Ha! Keiner wagt den Tod für mich?
Sehet! Keiner! Keiner!

Heliodor (vorstürzend).

Göttin! Ich!

Chor.

Der Sklave.

Kleopatra.

Heliodor!

Charmion.

Ich sterbe.

Finale (alles).

Heliodor.

Laß mir den Becher geben!
Ich bin zum Tod bereit,
Doch durch den Tod zum Leben,
Dem mich Dein Schwur geweiht!

Einmal in Deinen Armen,
An Deinem Mund erwarmen,
Ist mehr als tausend Leben,
Ist Götterseligkeit!

Charmion.

Es faßt mich Todesbeben!
Ist's Wahn — ist's Wirklichkeit!
Für sie giebt er sein Leben,
Die er dem Fluch geweiht!
Kein Ausweg, kein Erbarmen,
Vernichtung droht dem Armen,
Wird ihm der Tod gegeben,
So tödtet mich sein Leid!

Kleopatra.

Mein Herz durchschauert Beben,
Der Schmach bin ich geweiht.
Er wagt's den Blick zu heben,
Der Sohn der Niedrigkeit!
Und soll ich diesem Feigen
Scham und Verwirrung zeigen?
Nein, kost' es auch mein Leben,
Ich löse meinen Eid!

Plotinus, Achillas.

Wie fühl' das Herz ich beben,
Von Racheseligkeit:
Dem Sklaven preisgegeben,
Hat sie ihr frevler Eid!
Gerichtet ohn' Erbarmen,
In uns'ren Rächerarmen,
Die strafend sich erheben,
Ist sie der Schmach geweiht!

Artavasd

(zu den beiden tretend).

Vor Grimm seh' ich Euch beben,
Ich weiß, Ihr seid bereit,

Euch rächend zu erheben
Aus Schmach und Niedrigkeit.
Der Liebe Stimmen schweigen,
Nehmt mich als Euer Eigen.
Hofft mit mir zu erleben
Der Rache Seligkeit.

Chor (der Weiber).

Der Wahnsinn faßt den Armen,
Kein Ausweg, kein Erbarmen!
Er ist dem Tod geweiht.

Chor (der Krieger).

Gerichtet ohn' Erbarmen,
In uns'ren Rächerarmen,
Ist sie der Schmach geweiht.

Kleopatra

(stolz auf die drei Verschworenen blickend).

Wie steht Ihr stumm nun und entgeistert,
Ihr todesmuthigen Freier dort!
Hat dieser Sklave Euch gemeistert?
Mißtraut Ihr meinem Königswort?
Du aber Sklav' — bedenke Dich —

Heliodor.

Bedenken? Küß' und tödte mich!

Kleopatra.

Nun, bei den Göttern denn! ich muß!

(Zu Charmion.)

Die Giftphiole in den Trank!

Charmion (für sich).

Ich kann ihn retten! Götter, Dank!

(Sie schüttet den Schlaftrunk in den Pokal und reicht ihn zitternd
Kleopatra.)

Kleopatra (erhebt die Schale).

Der Tod credenzt Dir diesen Wein!

Heliodor.

Der Tod erlöst von Liebespein.

(Faßt die Schale.)

Charmion (und Weiber).

Unseliger! Halt' ein, halt' ein!

Die Männer.

O Königin, halt' ein, halt' ein!

Heliodor.

Heil Dir, meine Königin!

(Sinkt und wankt.)

Kleopatra (beobachtet ihn).

Er trinkt (die Arme ausbreitend).

Wohlan denn, nimm' mich hin!

(Heliodor stürzt in ihre Arme, küßt ihren Mund und sinkt leblos zu
ihren Füßen.)

(Der Vorhang fällt.)

Zweiter Act.

(Kurzes Gemach von Zeltvorhängen. Links unter einem Teppichdach ein
Ruhebett, auf welchem Heliodor leblos liegt — Charmion lauschend
über ihn gebeugt. Eine Ampel brennt; Morgengrauen.)

I. Scene.

Heliodor, Charmion.

Charmion.

Noch immer nicht! Wie soll ich ihn erwecken?
Ach keine Wimper regt sich!
Es graut der Tag — und wenn sie ihn entdecken,
Ist er verloren — er und ich!
Erwache, Theu'rer! Laß uns flieh'n!
Ihr Götter! Wie beleb' ich ihn! —

Erweck' ihn Du, mein Liebeskuß,
Beleb' ihn, Athem meiner Seele,
Dem meine Seele folgen muß,
Daß er der Rettung Ziel nicht fehle!
Fort, Todesschlaf! Du mußt entflieh'n,
Ach öffnet Euch, geliebte Augen,
Und wollt Ihr Licht und Leben saugen,
So nehmt das meine denn dahin!
Für mich nichts will ich), ihn erretten,
Mich liebend an sein Unglück ketten,
Ihm folgen, ob der wunde Fuß
Im dürren Wüstensand sich quäle!
Beleb' ihn, Athem meiner Seele,
Erweck' ihn Du, mein Liebeskuß!

(Sie küßt ihn.)

Er athmet! Hör' mich! Heliodor!

Heliodor (erwachend).

Ich lebe!

Charmion.

Ja! Du lebst durch mich)!

Heliodor.

War's nicht der Tod — den ich erkor —

Charmion.

Nicht Tod — nur Schlaftrunk bannte Dich,
Und Niemand ahnt, daß Du geborgen.
O eile, komm', schon graut der Morgen,
Bereit zur Flucht ist Alles hier.
Entflieh'!

Heliodor.

Und Du?

Charmion (verschämt).

Ich folge Dir?

Heliodor.

Wie — ist's ein Traum? Du rettest mich?
Du Herz, das lieblos ich mißhandelt?

Charmion.

Ein Zauber war's, der Dich verwandelt,
Ich faß' es   und – ich liebe Dich!

Heliodor.

Und sie, an deren glühendem Munde
Erbebend meine Lippe hing?

Charmion.

Vergiß die unglückfel'ge Stunde,
Ein Zauber war's, der Dich umfing.

Heliodor (glühend).

Ein Zauber! Kann ich ihn vergessen,
Vergessen was sie mir verlieh?
Wer je das Göttliche besessen,
Vergißt die Wonnestunde nie!
Erschöpft ist, was das Leben bot,
Das einz'ge Ende ist: der Tod!

Charmion (immer bewegt).

Ihr Götter! Was hab' ich gethan?
Wenn sie uns finden — wie sie nah'n,
Rächt sie an mir, was ich verbrach,
Und Dich — den Zeugen ihrer Schmach,
Vernichtet sie in ihrem Grimm!
O höre meines Herzens Stimme,
Nicht mehr für mich — für Dich allein,
Will ich Dich retten, Dich befrei'n!
Die Stunden flieh'n — bald ist's zu spät,
Wir sind verrathen — sind erspäht —
Zum zweitenmal trifft Dich der Tod —
Erbarm' Dich mein und meiner Noth.
Du bist gerührt,
Du folgst. Ihr Götter! mein Gebet!
Es ist erhört.

Weh' mir! zu spät!

(Sie zieht den Schwankenden fort, die Vorhänge theilen sich.)

Heliodor.

Kleopatra!

II. Scene.

Vorige, Kleopatra.

(Kleopatra ist in weißem Nachtkleid eingetreten.)

Kleopatra (alle drei).

Was seh' ich? Ist's ein Wahn?
Den ich gemordet habe,
Er steigt aus seinem Grabe,
Er blickt mich lebend an?
In Nacht und ewiges Schweigen,
Glaubt' ich ihn tief gebettet,
Der Schmach an mich gekettet!
Wer läßt ihn nun entsteigen,
Vom Todesschlaf errettet —
Um wider mich zu zeugen?
Wer hat mir das gethan?

Charmion (abgebrochen).

Entsetzen faßt mich an —
Was ich errungen habe,
Es sinkt auf's Neu' zu Grabe —
Mein Hoffen - eitler Wahn!
Wer schützet ihn — wer rettet
Ihn, der mein Herz gekettet,
Euch, Götter! ruf' ich an!

Heliodor (ebenso).

Ihr Auge blickt mich an,
O wundervolle Gabe,
Entstiegen meinem Grabe,
Noch einmal ihr zu nah'n!
Und ob es neu mich bettet,
Mein Schatten bleibt gekettet!

Kleopatra
(auf Heliodor zustürzend).

Du lebst, Du wagst zu leben,
Trank'st Du den Tod nicht — Sklav'?

Heliodor.

Der Trank, den Du gegeben,
Gab Tod mir nicht, nur Schlaf!

Kleopatra (faßt Charmion).

Das that'st Du — Schlange — sprich —

Charmion (niederstürzend).

Ich lieb' ihn! Tödte mich!

Kleopatra (zuckt den Dolch).
(Heliodor fällt ihr in den erhobenen Arm. Kleopatra holt noch
einmal aus, dann innehaltend, sie betrachtend.)

Du liebst ihn — der nun mich
Verhöhnte Deine Flammen?

Charmion.

Vergaß er mich nur Dich,
Wer kann ihn d'rob verdammen?
Ich lieb' ihn — tödte mich,
Laß sterben uns zusammen.

Kleopatra
(läßt den Dolch fallen, und tritt bewegt vor).

Wer lieben könnte, wie dies Herz,
In dem des Lichtes Götter wohnen!
Ach meines fachen nur Dämonen
Zu Flammen an, wie glühend Erz!
Verzehren muß es, zu zerstören
Bis es zur Asche wird in mir.
Lehrt Götter mich die Gluth beschwören,
Lehrt lieben mich — wie diese hier!
Die Freiheit, Sklave, schenk' ich Dir!
Fort — zieht von dannen
Mit Schätzen reich beschenkt -

Heliodor.

Halt' ein —
Du kannst mich tödten — nicht verbannen,
Wo Du bist, muß mein Schatten sein. —
O Charmion — ob Dein Herz auch bricht —
Dich täuschen — Reine — darf ich nicht —
Mein Leben ist ein Traum, o laß mich träumen.
Du siehst mich, Herrin, nie in diesen Räumen.
Nur wenn Gefahr Dein theu'res Haupt bedroht,
Erschein' ich Dir — Dein Retter in der Noth —

Charmion.

Gefahr der Königin!

Kleopatra (kalt).

Was sprichst Du da!

Heliodor.

Du ahnst sie nicht — und doch ist sie Dir nah!
Geheim sind wider Dich verschworen
Die Feldherr'n. Bei des Morgens Schein,
Lädt man zur Heerschau trüg'risch Dich ein —
Ist der Palast besetzt — bist Du verloren!

Kleopatra (gegen die Mitte).

Ha! Schließt die Thore! keiner soll sich nah'n!
Woher die Kunde?

Heliodor.

Herrin — hör' mich an!
Belauscht hab' ich der Meuterer Beschluß:
Inmitten Deiner Heere,
Ergreift man Dich und schleppt Dich hin am Meere,
Nach Tarsus zu Antonius.

Kleopatra
(von einem Gedanken durchblitzt).

Wie zu Antonius!

Heliodor.

Dem Mann von Erz,
Den Mitleid nicht vermag zu rühren —
Dem Schönheit nie entflammt das Herz —
Als Triumphator wird er Dich
Vor seinem Siegeswagen führen.

Kleopatra (stolz vortretend).

Antonius, der Herr der Welt!
Es zuckt mein Herz! der Würfel fällt!

(nach dem Hintergrund)

Die Thore auf! Die Feldherrn und das Heer laßt ein!
Auf, Charmion, gib mir den Speer,
Den Schild, die Krone meiner Väter!
Auf! Waffne mich. —

(Alle drei.)

Kleopatra.

Es tagt in mir, ein Königsspiel,
Der Weltenherr! ein hohes Ziel.
Dies Römerherz von Erz und Stahl,
Das kalt und fremd — dem Liebesstrahl,
Es reizt zum Kampf — ich will ihn seh'n,
Und siegen oder untergeh'n!

Heliodor.

Ha — Raserei — welch' frevles Spiel,
Wenn sie der Schmach zur Beute fiel —
Es bebt mein Herz, durch Nacht und Qual
Zuckt leuchtend ihrer Sonne Strahl —
Ihr folgen will ich ungeseh'n —
Sie schützen — mit ihr untergeh'n.

Charmion.

Es bebt mein Herz — welch' bang' Gefühl,
Verarmt, verwaist, so nah' dem Ziel!
Und doch, durch alle meine Qual
Zuckt leuchtend ihrer Sonne Strahl.

Wohin sie geht — da muß ich geh'n,
Sie schützen — mit ihr untergeh'n!

(Alle drei ab in den Palast.)

(Kriegsmarsch. — Der Hintergrund öffnet sich, Schloßhof. Einzug der
Heere. — Das Ruhebett weggezogen. Die Krieger ordnen sich zu beiden
Seiten, ein Wald von Lanzen und Waffen füllt den Hintergrund.)

III. Scene.

(Plotinus, Achillas, Artavasd, dessen Bogenschützen folgen
und die Mitte einnehmend, treten vor. — Während der Aufmarsch fort=
dauert.)

Achillas.

Gelungen ist
Die kühne List,
Die Treuen faßt
Nun der Palast.

Ein ganzes Heer in Waffen,
Nur Sklaventroß
Beschützt das Schloß.

Nichts kann sie uns entraffen,
Dann fort mit ihr zum Cydnusstrom,
Die Losung: Rache, Freiheit, Rom!

Alle Drei.

Die Losung, Rache, Freiheit, Rom,
Nicht länger unterthänig
Der Circe Zauberin!
Rom, Du sollst unser König
Egyptens Rächer sein!

(Marsch schweigt.)

IV. Scene.

(Amazonen treten aus dem Palast und gruppiren sich.)

Artavasd.

Doch wenn sie nicht sich zeigt, --
Wenn heimlicher Verrath? —

(Trompeten.)

Vier Herolde
(auf der Bühne).

Die Königin!

Achillas.

Sie naht —
Sie ist in uns'rer Falle.

V. Scene.

Kleopatra
(mit Krone, Schild und Speer und Purpurmantel, gefolgt von Amazonen, Heliodor und Charmion).

Herold, Amazonen.

Heil, Heil, Kleopatra!
(Alles stumm.)

Heliodor, Charmion.

Weh! — Alles schweigt?

Kleopatra (hohnlachend vortretend).

Seid mir gegrüßt, Egyptens stolze Heere,
Ihr (zu den Feldherren) treue Schützer uns'rer Ehre!
Den Renner vor! Zur Heerschau hin!
Folgt Krieger, Eurer Königin!
(Macht einen Schritt nach rückwärts, die Bogenschützen rücken vor, die
Krieger kehren die Speere gegen sie.)

Achillas.

Halt ein! Du Königen entstammt —
Entehrt hast Du Dein Herrscheramt!
Ergreift sie, leget sie in Haft!
Rom fordert Dich zur Rechenschaft!

Chor.

Ergreift sie, leget sie in Haft,
Rom fordert Dich zur Rechenschaft.
(Kleopatra stößt die Angreifer zurück, Heliodor deckt sie.)

Kleopatra.

Zurück! Wer ist es, der den Machtspruch fällt?

Alle.

Antonius! Der Herr der Welt!

Kleopatra.

Wohlan — ich weiche, weil ich muß.

(Wirft die Waffen ab.)

Die Feldherren und Krieger.

Auf, Egyptens edle Söhne,
Führt sie vor des Römers Thron,
Daß sie länger nicht uns höhne,
Sklaverei sei nun ihr Lohn!
Nicht länger unterthänig
Der Circe Zauberin,
Rom, Du sollst unser König,
Egyptens Rächer sein!

Heliodor, Charmion, Amazonen und Sklaven.

Fluch Euch, Egyptens Söhne
Von der Väter stolzem Thron
Stoßet Ihr die Göttlichschöne
In der Knechtschaft Schmach und Hohn!
Fluch Euch, die unterthänig,
Sich fremder Herrschaft weih'n.
In Ketten noch ein König
Wird uns're Herrin sein!

Kleopatra.

Auf! Egyptens feile Söhne,
Seht, ich trotze Eurem Hohn.
Und erfüllt sich, was ich wähne,
Wird Euch der verdiente Lohn.
Ihr wollt mich unterthänig
Des Römers Sklaverei?
Laßt sehen, wer der König,
Und wer der Sklave sei.

(Der Vorhang fällt. — Ende des zweiten Actes.)

Dritter Act.

(Prachtgemach im Palaſt zu Tarſus. Säulen theilen den hinteren Raum
ab. Links im Vordergrund Tiſch und römiſcher Stuhl! Auf dem Tiſch
Karten und Pergamentrollen.)

I. Scene.

Antonius

(gerüſtet, ohne Kopfbedeckung, hat einen Brief geleſen und wirft ihn
unwillig fort).

Zu mächtig wird der Jüngling Octavian
Von Sieg zu Sieg getragen —
Gleich, wie auf Caeſar's Ruhmeswagen,
Wächſt er zu hoch an mich heran.
Getheilt hab' ich mit ihm der Erde Thron —
Verlangt er mehr — dann, Mark Anton,
Vergiß die Freundſchaft — mit dem Schwert,
Vertheidige, was Dir gehört!
Auf Caeſar's Wunden hab' ich es gelobt,
Der Erbe will ich werden ſeiner Werke.
Im wilden Kampfe, der die Welt durchtobt,
Erheben will ich Rom zu Macht und Stärke.
Des Herzens milde Regung will ich zügeln,
Nur Ehre ſei's, was mir die Bruſt erfüllt.
In meinem Herzen, wie auf mein Schild,
Soll ſich nur Rom und ſeine Größe ſpiegeln.
Ich hab's erreicht — mein Herz iſt Stein —
Der Liebe weibiſches Erregen —
Prallt ab an ſeinen eh'rnen Schlägen,
Ein Fels muß Romas Herrſcher ſein!

II. Scene.

Flavius.

Triumvir! der Egypter Abgeſandten,
Die Du entbot'ſt zu Deinen Knie'n,

Gefesselt führen sie in Banden
Die meuterische Königin!

Antonius.

Kleopatra! Führt sie herein!
Ha, Frevlerin! Die Rache harret Dein!

III. Scene.

Vorige, Plotinus, Achillas, Artavasd
(mit reichem kriegerischem Gefolge, Fahnen und Feldzeichen — Die
Krieger senken die Feldzeichen und legen sie zu Antoniens Füßen.)

Achillas und Plotinus
(niederknieend).

Triumvir, mächtiges Rom,
Laß knieend Dich begrüßen.
Das Reich am heil'gen Strom,
Es liegt zu Deinen Füßen.

Artavasd.

Das Reich des Tißafern,
Das mir zum Erb' gefallen,
Es huldigt Dir als Herrn,
Als treu'sten der Vasallen.

Alle Krieger (die Waffen senkend).

Heil Mark Antonius, der uns befreit!

Antonius.

Im Namen Roms empfang ich Eur'm Eid.
(Winkt, alle nehmen die Waffen auf.)

Achillas.

Als Geißel bringen wir
Sie, die den Thron entehrt;
In frevelnder Begier
Sich gegen Rom empört!
Des Volkes Zorn floß über
Und die Verruchte fiel!
Der Euphrat und der Nil
Gehorcht fortan der Tiber!

Antonius.

Ich will sie hören.

Alle (wild).

Richten,
Verdammen und vernichten!

IV. Scene.

(Vorige, ein Zug Krieger, dann Kleopatra ganz in schwarzem Schleier
verhüllt, ihre Frauen folgen, einige Sklaven, darunter auch Heliodor
und Charmion.

Chor (piano).

Seht! wie gebeugt, die stolz einst aufgerichtet,
Die Welt beherrscht mit übermüth'gen Sinn.
Der Götter Hand hat sie vernichtet,
Zur Sklavin ward die Königin.

Antonius (groß).

Die Herrschaft, die Dir anvertraut,
Durch Romas Schutz und Majestät,
Hast Du mißbraucht - rechtfertige Dich!
Dein Richter ist's, der vor Dir steht.
Du schweigst?

Kleopatra
(will antworten, richtet sich hoch auf und blickt Antonius an. — Bei
seinem Anblicke zuckt sie plötzlich zusammen und hüllt sich fester in den
Schleier ein).

Ein Blitzstrahl zuckt durch meine Glieder,
Das Wort erstarrt, das ich erdacht!
Ein Halbgott steigt zur Erde nieder
Und bannt mein Herz mit Zaubermacht.
Verlocken wollt ich ihn — bestricken
Und steh' gelähmt vor seinen Blicken.
Den ich geträumt, der Gott, der Held,
Er steht vor mir, um mich zu richten.
Wohlan, mag mich sein Wort vernichten,
Wenn mich sein Blick umfangen hält!

O Isis! hart ist Dein Beschluß,
Ich lieb' ihn, der mich hassen muß.

Antonius.

Sie schweigt und hüllet Haupt und Glieder
Nur fester in des Schleiers Nacht.
Trotzt sie noch immer dem Gebieter!
Sie fühle meiner Herrschaft Macht.
Ist das die Zaub'rin, deren Tücken
Die Welt vermochte zu berücken —
Der Caesar selbst als Herr der Welt
Zu Füßen lag? sie steht vernichtet!
Das Unheil, das sie angerichtet,
Hat ihren Uebermuth zerschellt,
Sie treffe, was sie treffen muß,
Nicht Mitleid kennt Antonius.

Charmion, Heliodor.

Sie schweigt — es beben ihre Glieder,
Gebrochen durch des Schicksals Macht.
Steigt denn kein Gott vom Himmel nieder,
Zu retten sie aus Unheilsnacht!
Er schaut sie an mit finstern Blicken,
Kein Mitleid wird sein Herz berücken,
Das Todesurtheil ist gefällt
Und unerbittlich wird er richten,
Die Schönheit wird sein Schwert vernichten
Und ohne Zauber ist die Welt!
Ich schwör's und fest ist mein Entschluß,
Ich sterbe, wenn sie sterben muß.

Achillas, Plotinus, Artavasd.

Sie schweigt — es zittern ihre Glieder,
Gebrochen ist des Zaubers Macht:
Der Rache Strahl fällt auf sie nieder,
Gelungen ist, was wir erdacht!
Nicht länger wird mit ihren Tücken
Die Zauberin die Welt berücken.

Das Todesurtheil ist gefällt.
Die uns verhöhnt, sie steht vernichtet,
Das Unheil, das sie angerichtet,
Hat ihren Uebermuth zerschellt.
Sie treffe, was sie treffen muß,
Nicht Mitleid kennt Antonius.

Antonius.

Du schweigest noch? — vertheid'ge Dich!

Kleopatra (unbeweglich).

Nein — ich bin schuldig! Tödte mich!
Das Glück war mein Verderben,
Es ist vernichtet — laß mich sterben!

Die drei und Chor.

Sie spricht sich schuldig, laß sie sterben!

Antonius.

Nicht bis ich sie gehört.
Nur ich und Roma sollen Richter sein —
Zieht Euch zurück — laßt mich mit ihr allein!
(Alle ab, schwere orientalische Teppiche schließen die Halle.)

V. Scene.

Antonius.

Nun sprich — erzähle —
Doch Wahrheit. —

Kleopatra.

Herr — nimm meine ganze Seele. —
(Sie stürzt vor ihm nieder, der Schleier fällt, ein weißes silberdurch-
wirktes, griechisches Gewand zeigt ihre Schultern, über die sie offenen
Haare herabwallen; so hebt sie sich langsam aus dem fallenden Schleier.)

Antonius
(prallt zurück, staunend).

Kein irdsches Weib ist, was ich seh' —
Venus Anadyomene! (Pause.)

Kleopatra
(innig, ohne alle Koketterie).

Ja, ich verdamme mich — doch nicht der Schuld
Klag' ich mich an, der jene mich geziehen.
Niemals vergaß ich Roma's Huld,
Die mir ein Königreich verliehen;
Allein   ich war ein Weib und schwach),
Kein Held stand mir zur Seite.
So büß' ich — was mein Herz verbrach
In wilder Leidenschaften Streite
Und gerne büß' ich's — Deine Hand
Mag mir getrost die Strafe geben,
So hab' ich sterbend doch das Leben
Und was des Lebens Werth erkannt!

Antonius (in sich verloren).

Was — Königin — hast Du erkannt?

Kleopatra.

Was ich ersehnt und nie gefunden,
Was alle bösen Geister bannt!
Weh', weh' dem Weib, das ungebunden
Nie seines Herzens Meister fand:
Das nur verachten kann — nicht lieben,
Das von Dämonen wild getrieben,
Sich selbst verzehret und verflucht,
Weil es nie fand, was es gesucht;
Und dann — weh' mir! wenn es zu spät,
Vor dem erträumten Gotte steht,
Von ihm verachtet und bedroht,
Nur flehen kann: gib mir den Tod!
(Sinkt vor ihm hin.)

Antonius.

Verachtet — Göttin, die mein Aug' erblickt,
Du bist das erste Weib, das mich entzückt!

Kleopatra.

Weh' mir — Du höhnst mich!

Antonius.

Nein, ich verstehe Dich und Deinen Schmerz,
Die nied're Welt fällt nicht ein Götterherz.
Das Große nur ist werth des Schönen.

Kleopatra (zitternd).

Mein Ohr vernimmt den Laut,
Mein Herz kann ihn nicht fassen —
Isis, beschütze mich — mir graut —
's ist Wahn — er muß mich hassen. —

Antonius.

Ich liebe Dich!

Kleopatra.

Es schwindet mir der Sinn —
Antonius!

Antonius (fängt sie auf).

Du meine Königin!
Wie Caesar sich gebeugt vor Deinem Thron,
So huldigt, Göttliche, Dir Mark Anton.

Kleopatra (glühend).

Du liebst mich — träum' ich; Götter, nein!
Mein Held — Antonius! ist mein!

Beide.

O namenlos Beglücken!
O nie geahnt Entzücken!
O himmlisches Entrücken
Zu traumhaft neuem Leben!
O wonniges Erbeben!
O seliges Umfangen!
Vergessen, was vergangen,
Versunken ist die Welt,
Wenn mich in süßem Bangen,
Dein Arm umschlungen hält!

Antonius.

Sieh', so vermählt Dich mir mein Kuß!
(Küßt sie.)

Kleopatra

(an ihm niederſinkend).

Nein, Deine Sklavin!

Antonius.

Meine Königin!
Führ' zum Elyſium mich hin!

(Hebt ſie an ſein Herz.)

Kleopatra.

So komm!
Am Nil, wo mit Mimoſen
Die lauen Lüfte koſen,
Im Dufte glüh'nder Roſen,
Dort lagern wir im Moos.
Wohin nicht Schritte irren,
Nur weiße Falter ſchwirren,
Nur wilde Tauben girren,
Dort ruhſt Du mir im Schooß.
Was mir das Herz erfüllet,
An Wonne nie geſtillet,
Sei Dir von mir enthüllet,
Der Liebe Götterloos!

Antonius (dazwiſchen).

Du Göttin!
Duft'ge Roſe,
Laß mich in Deinem Schooße
Vergeſſen wer ich bin.
Von Deinen Lippen
Laß mich den Nektar nippen —
Berauſchend Herz und Sinn —
Was mir die Seel' erfüllet
Und jede Sehnſucht ſtillet,
Du haſt es mir enthüllet,
Der Liebe Götterloos!

Kleopatra
(selig die Arme erhebend).

O Isis!
Nimm mein Leben,
Was ich erfleht — Du hast es mir gegeben!
Die Erde ist für mich zu klein,
Jetzt laß mich sterben!

Antonius.

Sterben? Nein,
Mein ist Dein Leben — Du bist mein.

Beide.

O namenlos Beglücken!
O nie geahnt Entzücken!
O himmlisches Entrücken
Zu traumhaft neuem Leben!
O wonniges Erbeben!
O seliges Umfangen!
Vergessen, was vergangen,
Versunken ist die Welt,
Wenn mich in süßem Bangen
Dein Arm umschlungen hält!

Antonius
(gegen den Hintergrund, der sich öffnet).

Auf! auf nach Alexandria!
(Alle treten ein.)

VI. Scene.

Achillas, Plotinus, Artavasd.

Herr — Dein Beschluß —

Charmion und Heliodor
(auf die Königin stürzend)

Kleopatra!

Antonius.

Ihr, die das Heer verführt —
Empörer und Verschwörer,

Der Königin das Reich entrafft —
Ihr bleibt in Tarsus in Gefangenschaft.

Die Drei.

Du rasest — Mark Anton!

Antonius.

Wer wagt's den Blick zu heben,
Ein Wort — so büßt Ihr es mit Eurem Leben!

Kleopatra.

Herr! Wo so reich die Götter uns beglücken,
Da soll kein Aug' in Thränen blicken!
Vergib, wie ich und laß sie frei —

Antonius.

Du forderst es — wohlan es sei!
Im Staube dankt Kleopatra!

(Die Drei mit verbissenem Groll sich verbeugend.)

Antonius.

Nun auf nach Alexandria!
Komm, auf Flügeln trägt mein Herz Dich von hinnen,
Ein neues Leben laß uns liebend beginnen,
Zum heiligen Strome trägt Gott Amor uns hin,
Zu Deinen Füßen liegt die Welt, o Königin!

Kleopatra.

Ha, welche Wonne bebt durch all' mein Sinnen,
Liebe, Dein Flügel trägt mich mächtig von hinnen!
Du, der den Bann gelöst — nimm es dahin,
All' was ich habe — und all' was ich bin!

Heliodor.

Ha, welche Gluth durchbebt all' mein Sinnen,
Welch' ein Verlieren, ach, ist dies Gewinnen!
Nimm, Welteroberer, nimm sie auch dahin,
Sterben noch kann ich für meine Königin.

Charmion und Sklavinnen.

O Götter, segnet des Siegers Beginnen,
Neu von Triumpf gekrönt zieht sie von hinnen.

Freude und Jubel berauscht uns den Sinn.
Heil unf'rer hohen, schönen Königin!

Die Drei und die Krieger.

Ha, so vollendet sie ihr frev'lnd' Beginnen,
Römer, umgarnt auch Euch die lüsternen Sinnen?
Tod und Verachtung ist Dein Gewinn,
Fluch und Verderben der Zauberin!

Antonius.

Die Segel auf — uns führt zur See
Venus, Anadyomene!

Die Drei.

Weh' Dir, weh'!

(Der Vorhang fällt.)

Vorspiel.

Meeresſturm und Kampf.

_____

Vierter Act.

(Strand bei Aktium. Rechts ein praktikabler Fels; das ſtürmiſche Meer.
Kurze Decoration. Donner und Blitz. Kriegsmuſik, Fanfaren und Signale
hinter der Scene. Der Donner der Wurfgeſchoße.)

I. Scene.

(Kleopatra auf dem Felſen in's Meer hinausſtarrend, Charmion
und die Frauen eine Kette bildend vom Gipfel des Felſens bis zum Podium.)

Kleopatra (herbeilend).

Nein, länger nicht an dieſen Fels geſchmiedet,
Will thatenlos den Kampf ich ſeh'n,
Der als den Preis den Erdball bietet,
Zur Seite will ich dem Geliebten ſteh'n!

Auf! löst vom Anker mir die Barke,
Den Purpursegler, den Bucephalus!
Daß ich in Deiner Näh' erstarke,
Mein Abgott! Mein Antonius!
(Sklaven ab nach links. Der Bucephalus mit eingezogenen Segeln landet.)

Die Frauen (sie umringend).
Barmherzigkeit! Du darfst nicht fort!
Hörst Du, wie die Balliste kracht!
Den Pontus deckt des Sturmes Nacht,
Dein Leben, doppelt ist's bedroht!
Bleib', Herrin, bleib' — es ist Dein Tod!

Kleopatra (sich losringend).
Die Barke löst! Hört mein Gebot!
(Sklaven ab.)

II. Scene.
Vorige, Heliodor (von links).

Heliodor.
Halt ein! Zu spät! Antonius ist bezwungen,
Der junge Caesar hat den Sieg errungen.
Egyptens Flotte in Achillas Hand,
Hat schmählich sich zur Flucht gewandt.
Der Sieger wird im Bund mit den Gewittern,
Den letzten Rest der Kämpfenden zersplittern.
Dich aber rett' ich durch Sturm und Blitz —
Trag' ich Dich heim zu Deiner Väter Sitz!

Chor, Charmion.
Entflieh', entflieh'! der Sieger naht! -
Fort — fort! zum heimischen Gestad!

Kleopatra.
Mein Halbgott ist geschlagen,
Mein Held dem Tod verfallen!
Und zu den Schatten wallen
Soll meines Lebens Stern!

Ich soll das Leben tragen?
Ich soll zur Heimat flieh'n?
Zu ihm nur will ich ziehen,
Zu meinem Hort und Herrn!
Du Einziger von Allen!
Zu Dir nur will ich eilen,
Dein Loos, ich will es theilen,
Den Tod erleid' ich gern!

Heliodor.

Ihr Abgott ist geschlagen,
In Nichts ist er zerfallen,
Der Einzige von Allen,
Dem sich geneigt mein Stern!
Ha! Neu die Pulse schlagen,
Mit mir wird sie entfliehen,
An meiner Seite ziehen,
Gefahr macht mich zum Herrn.
Ha! wie die Pulse wallen,
Hinweg mit ihr zu eilen,
Den Tod mit ihr zu theilen,
Ist der Verhaßte fern!

Charmion und Chor.

Fort, fort, laßt uns entfliehen,
In uns're Heimat ziehen,
Durch Sturm und Wellen hin!
Du darfst nicht widerstreben,
Es gilt Dein Reich, Dein Leben,
Geliebte Königin!

Kleopatra.

Wer spricht von Reich? wer spricht von Thron?
Mag diese Welt verderben!
In Deinen Armen will ich sterben,
Mein Abgott! Mein Anton!
Fort in die Schlacht! fort zu ihm hin!

Heliodor (für sich).

Sie soll ihn nie mehr sehen!

Kleopatra
(zu den Schiffern).

Die Anker löst, die Segel weit!

Kleopatra.

Nach Norden steu're, meine Seele!
Zu ihm! zu ihm! durch Sturm und Wind
In's Schlachtgetümmel!
Führ' mich zu ihm, allgüt'ger Himmel,
An seine Seite bett' ich mich!

Heliodor.

Nein, nicht zu ihm,
Nicht, wie sie sinnt,
In's Schlachtgetümmel!
Mein lichter Stern an meinem Himmel,
In Deine Heimat rett' ich Dich.

Chor und Charmion.

Auf's stürmische Meer,
Durch Fluth und Wind
In's Schlachtgetümmel!
Ihr güt'gen Götter all' im Himmel,
Erbarmet Euch und rettet sie.

(Alle besteigen das Boot unter wachsendem Sturm. Kleopatra steht
hoch am Mast mit fliegenden Haaren, Heliodor am Bord neben dem
Steuermann.)

Steuermann.

Mannen an Bord!

Kleopatra.

Steuert nach Nord!

Heliodor.

Egyptier! rettet die Königin!

(Er dreht das Steuer, die Segel wenden sich.)

Nach Süden hin!

(Das Schiff fliegt nach rechts. — Nachspiel, der Sturm legt sich, Krieger
von Antonius Heer und Egyptier von Plotinus Schaaren, stürzen
in wilder Flucht von links herein.)

III. Scene.

Chor.

Flieht, flieht an diese Küste,
Die Flotte ist zerstreut;
Ob Akarnaniens Wüste
Uns Schutz und Rettung beut!
Flieht, flieht, wir sind verloren,
Wenn nicht die Flucht gelang,
Den Caesar hat geschworen
Uns Allen Untergang.

IV. Scene.

Vorige, Plotinus, Flavius, Gefolge (von links).

Antonius.

Wer spricht von Sieg? wer spricht von Flucht?
Seid Ihr Quiriten?
(Alle sammeln sich wieder.)

Antonius.

Die Flotte eint in dieser Bucht,
Noch einmal ihm die Stirn zu bieten,
Und bis der letzte Mast erkracht,
Beug' ich mich nicht der Uebermacht!

Plotinus.

Verblendeter! Du sprichst von Flotten,
Dein Schiff allein liegt in der Bucht —
Die Königin, Dich zu verspotten,
Trieb die Egyptier zur Flucht.
Sieh', fern die Purpursegel schimmern,
Dort segelt sie zum heim'schen Fluß,
Höhnend, auf Deines Glückes Trümmern,
Buhlt sie schon mit Oktavius!

Antonius (erbebend).

Du lügst, Verleumder!

Chor.

Er spricht wahr,
Dort flieht sie mit der ihren Schaar!

(Antonius fliegt den Hügel hinauf und blickt in's Meer.)

Chor (unter sich).

Sie rettet sich und gibt uns hin,
Wir fallen durch die Heuchlerin!

Antonius (vorstürzend).

Ihr Götter! habt Ihr keine Blitze?
Ist, Zeus, Dein Donnerkeil schon lahm?
Schleud'r ihn aus Deinem Wolkensitze
Auf diese, die mir Alles nahm!
Auf diese Circe, deren Blicke
Mein Heldenherz zur Schmach verfehmt,
Auf diesen Dämon, dessen Tücke
Des Orkus Furien beschämt!
Neptun, mit Deinem Dreizack wühle
Zu Stürmen auf des Meeres Nacht,
Daß es sie in den Abgrund spühle,
Die solche Schmach auf mich gebracht.

Chor.

Du glaubtest nicht, als wir Dich warnten,
Als ihre Reize Dich umgarnten,
Nun erntest Du der Großmuth Lohn,
Verloren ist des Weltalls Thron!

Antonius (vortretend, schmerzlich).

Der Thron ist's nicht, den ich beweine,
Die Menschheit ist's — vor der mir graut,
Von allen Seelen diese Eine
War's, der ich liebevoll vertraut.
Den Erdball legt' ich ihr zu Füßen,
Ihr eine Stunde zu versüßen,

In ihren Küssen heiß und stumm,
Träumt' ich mich im Elysium.
Und sie, sie liebte nur mein Glück,
Als es sich wandt' — floh sie zurück —
O brich, mein Herz! Nicht, Caesar, Du,
Ihr Trug führt mich dem Tode zu!

(Ferne Tubenfanfaren.)

Plotinus-Chor.

Des Siegers Schiffe nahen sich!
Ergib Dich — oder komm und flieh'!

Antonius (groß).

Ergebt Euch oder flieht dahin!
Noch weiß ich, wer ich war und bin!

Plotinus (tritt vor zum Chor).

Da seht den Weltenherrscher an,
Ein Weib hat seine Kraft gebrochen,
Mein Vaterland, Du bist gerochen!
Ich huld'ge dem Oktavian!

(Ab mit erhobenem Schwert. Alle anderen folgen nach und nach.)

V. Scene.

Flavius, Antonius.

Flavius.

Gebieter, sprich — was hast Du vor?

Antonius.

Du kannst noch fragen! Armer Thor,
Soll ich vor Oktavianus knie'n?
Soll ich in ferne Zonen flieh'n?
Ein Paradies nur war hienieden.
Das eine Schlange in sich barg —
Erde, die mir zum Thron beschieden,
Sei nun mein Grabmal, sei mein Sarg!

(Er zieht sein Schwert.)

Flavius (hält ihn).

Antonius!

Antonius.

Du Treuer, der sich mir bewährt,
Als Alles treulos sich gewendet!
Du halte mir mein Königsschwert,
Ein Augenblick — so ist's vollendet!

Flavius.

Gebieter, was verlangst Du? Nein!

Antonius.

So soll ich Caesars Sklave sein!

(Er reicht ihm das Schwert.)

Du zitterst!

Flavius.

Götter, welche That!

(Wirft das Schwert hin und knieet.)

Nein, tödte mich zuvor!

Antonius (faßt das Schwert).

Wohlan!

(Er steckt es in die Erde.)

So muß ich selbst.

(Er stürzt sich in das Schwert.)

Flavius.

O mein Gebieter! (sinkt über ihn).

Antonius.

Ein Wort noch — eh' ich scheiden muß!
Schwör' mir! —

Flavius.

Ich schwöre! Was? o sprich!

Antonius (sterbend).

Wenn ich verschieden — führe mich
Zu ihr — den Staub wird man Dir lassen,
Sag' ihr — daß ich noch im Erblassen
An sie gedacht — die ich geliebt,
Und die den Todesstoß mir gibt.
Sag' ihr — ich fluch' ihr nicht — die Wonne,
Die sie mir gab, war lebenswerth.
Sag' ihr — ihr Blick war meine Sonne!

Bring ihr mein Herzblut, dieses Schwert!
Vielleicht erfaßt sie es mit Weinen,
Um sich im Tod mit mir zu einen,
Verkünd' ihr, was Dein Auge sah —
Mein letzter Hauch — Kleopatra!

(Er stirbt. Flavius sinkt neben ihn weinend nieder, man hört die
Tuben Oktavians.)

VI. Scene.

Vorige, Oktavian, Gefolge.

Oktavian.

Hier, sagt Ihr, weilt der Triumvir?
Wo find' ich Mark Antonius?

Flavius (erhebt sich).

Hier!

Oktavian.

Tod! —
Der halbe Erdball war Dein Eigen
Und nun genügt so kleiner Raum,
Was ist das Glück — ein Hauch — ein Traum,
Was ist der Größe Ende — Schweigen,
(schmerzlich) Mein Bruder! (er knieet).

Flavius.

Herr! sein letztes Wort
Befahl mir, die entseelte Hülle
Zum Nil zu führen.

Oktavian.

Es gescheh' sein Wille.
Deckt ihn mit Purpur, nehmt mein Schiff!

(Vortretend.)

O Aktium! Dein Felsenriff
Sei der Altar, auf dem ich schwöre,
Roma! Nur Du und Deine Ehre
Sei meiner neuen Herrschaft Stern.

Chor.

Heil, Heil Augustus unser'm Herrn!

(Der Vorhang fällt. — Ende des vierten Actes.)

Nachspiel.

(Das Innere einer Pyramide, reich mit Blumen geschmückt, rechts erblickt
man einen großen Blumenkorb, gedrücktes konisches Steingemach, eherne
Thür im Hintergrund, Stufen herab. Links im Vordergrund eine Stein=
platte mit Hieroglyphen. Eine bläulich leuchtende Lampe. Auf der Stein=
platte liegt Kleopatra starr wie eine Statue, Charmion und die
Frauen, in langen schwarzen Schleiern, umgeben sie. Die Stiege zum
Ausgang von Fackelträgern bewacht; Gewaffnete im offenen Thor.
Achillas in der Mitte.)

I. Scene.

Achillas.

Caesar Augustus Heil! In seinem Namen
Verwalte ich Egyptens Land,
Die Flücht'gen, die an diese Küste kamen,
Gefangen halt' ich sie in meiner Hand.
In dieser Pyramide feste Mauern,
Die kleine Riesenhand zerbricht,
Verbann' ich sie zu Todesschauern,
Bis Caesar Euch das Urtheil spricht.

Chor der Frauen.

Isis, Du Lichterzeugte,
Neige das Haupt herab,
Blick' auf die Tiefgebeugte,
Gebannt in's dunkle Grab!
Die Königin geboren,
Sklavin im eig'nen Reich,
In stummem Gram verloren,
Starrt sie dem Marmor gleich.

(Alle ab, Achillas bleibt auf den Stufen.)

Achillas.

Schließet die eh'rnen Riegel,
Einsamkeit, sinke herab,
Decke mit Deinem Siegel
Dies dunkle Königsgrab.

(Tritt vor.)

Nun, Frevlerin! sieh' Deinen Zauber enden,
Dein letztes Opfer wird Dir Caesar senden.

(Ab, die Thüren fallen zu.)

II. Scene.

Charmion.

Schauer des Todes, einsam allein!
Herrin, höre mich!
Sieh', im Grabe Dir verbunden,
Schmieg' ich mich zu Deinen Füssen!
In der Seele tiefe Wunden —
Laß der Thränen Balsam fließen.
Charmion ruft Dich, die Dich liebt.
Mögen tausende Dich hassen,
Charmion wird nicht von Dir lassen,
Bis das Grab auch sie umgibt.

Kleopatra.

Ach mein Schicksal nicht beklag' ich,
Was ist mir die ganze Welt!

(Aufgerichtet.)

Doch den Jammer nicht ertrag' ich,
Daß er mich für treulos hält!
Fliehen sah er meine Schiffe,
Ahnt nicht, daß man mich verrieth.
Von dem öden Felsenriffe
Sah er, wie ich treulos schied —
Fluch dem Sklaven, der in Ketten
Mich gebannt, um mich zu retten!
Ew'ges Dunkel mög' ihn betten,
Zehnfach gab er mir den Tod!

Charmion.

Ach vergebens, Deine Worte
Hallen an der eh'rnen Pforte,
In das Grab dringt nicht sein Strahl.

(Man hört unterirdisches Pochen, Kleopatra eilt dem Orte zu.)

Kleopatra.

Nein, der Gott vernahm die Bitte,
Charmion, hörst Du? — seine Schritte,
Sie vernimmt mein lauschend Ohr. —

     (Der Stein im Vordergrund hebt sich.)

Sieh' er naht sich —

          (zurücktaumelnd.)

            Heliodor!

Charmion.

Heliodor!

     (Heliodor erscheint.)

III. Scene.

Vorige, Heliodor.

Kleopatra.

Du Entsetzlicher, Du hier! —
Fort — hinweg! Ich fluche Dir!

Heliodor (ruhig).

Dieser Gang, den ich entdeckt,
Macht Dich frei — die hier gekettet
Und die heil'ge Nacht bedeckt
Deine Flucht — Du bist gerettet!

Kleopatra.

Folgen? Dämon, Dir?

Heliodor.

Deine Krone ist gefallen,
Sklavin bist Du der Vasallen,
Caesars Opfer und Trophä.
Nur ein Retter ist geblieben,
Der Dich lieben muß, Dich lieben.
Ob die Welt um ihn vergeh'! —
Wie Dein Kuß Dich mir verpfändet,
So hat es ein Gott vollendet

Und die Stunde mir gesendet,
Und Dein Schicksal steht vor Dir!

Kleopatra.

Laß dem Gatten mich begegnen,
Laß mich sterben mit Anton
Und ich will Dich sterbend segnen!

Heliodor.

Nein — nein — nein —
Mein bist Du und mußt Du sein —
Dann magst Du mich verderben,
Wie Dein Wort es mir befahl,
Tödte mich mit diesem Stahl.

(Sie ringen, Kleopatra reißt sich los und stürzt mit gezücktem Dolch
auf Heliodor.)

Doch zuvor —

(Will sie umarmen.)

Kleopatra.

Dämon, so mußt Du sterben!

(Sie ersticht ihn.)

Charmion.

Todt! weh' mir!

Heliodor (sterbend).

Noch nicht, noch nicht —
Höre, was Dein Dämon spricht:
Diesen Dolch nehm' ich mit mir
Und Dein Grab verschließ ich Dir —
Leben sollst Du — und sollst wissen,
Daß dein Abgott Dir entrissen,
Dein Antonius ist/krank, er ist nicht mehr
Todt

(Kleopatra stößt einen Schrei aus, sinkt nieder; Heliodor versinkt,
der Stein schließt sich.)

(Charmion sinkt wie entseelt auf dem Stein nieder. — Kleopatra
greift nach dem Korbe, in welchem eine Natter unter Blumen verborgen ist.)

Kleopatra.

Komm, tödtlich' Thier,
Sei bös und mach' ein End'!
Dein scharfer Zahn kein Mitleid kennt.
                    (Sie legt die Natter an.)
Am Nil, wo mit Mimosen
Die lauen Lüfte kosen,
Im Dufte glühender Rosen,
Dort ruhten wir im Moos,
Wohin nicht Schritte irrten,
Nur weiße Falter schwirrten,
Nur wilde Tauben girrten,
Dort ruht' ich Dir im Schooß.
Was mir das Herz erfüllet,
Von Wonne einst gestillet,
Du hast es mir enthüllet,
Der Liebe Götterloos.
                    (Sie stirbt.)
(Man hört die Tuben Oktavians zum Triumphzug. — Der Vorhang fällt
langsam. — Ende der Oper.

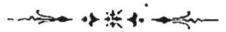